Kurzgeschichten und Gedankensplitter

Motto:

Wenig, aber nicht viel!

Hans Hottmann

Kurzgeschichten und Gedankensplitter

*Bibliografische Information der Deutschen National-
bibliothek:
Die Deutsche Nationalbibliothek verzeichnet diese
Publikation in der Deutschen Nationalbibliografie; de-
taillierte bibliografische Daten sind im Internet über
http://dnb.dnb.de abrufbar.*

*© 2016 Name des Autors/Rechteinhabers:
Hans Hottmann*

*Herstellung und Verlag: BoD – Books on Demand,
Norderstedt*

*ISBN: 978-3-**741274619***

Inhaltsverzeichnis:

	Seite
Vorwort	6
Unten wie Oben	8
Oben wie Unten	16
Zwischen Unten und Oben	26
Das Klavier	35
Das Professorenkollegium	45
Mädchen mit Katze	57
Gedankensplitter	60

Vorwort

Eigentlich hatte ich nicht vor, ein Vorwort zu den nachstehenden Schreibversuchen zu verfassen, aber eine mit mir seit Jahrzehnten u.a. auch urkundlich verbundene, weibliche Persönlichkeit riet mir dazu.

Also setzte ich mich an den Schreibtisch, schaltete den PC ein, eröffnete im Schreibprogramm eine neue Datei und wartete auf einen Einfall zur ersten Zeile des Vorwortes.

Als ich nach einer ½ Stunde immer noch auf eine Idee wartete, nahm ich mir eine Zigaretten-Auszeit, kehrte danach zur jungfräulichen Schreibdatei zurück und hoffte, einen Einstieg zu finden.
Eine weitere einfallslose ½ Stunde verging und ich nahm mir eine zweite Auszeit.
Ich spielte eine Runde Skat gegen vom PC vorgegebene Rivalen.
Nach dem ich ein totsicheres Grand mit 59 Augen verloren hatte, sank meine Stimmung für die nächste ½ Stunde auf den „Nullpunkt".

Ich wählte nun einen andere Variante der Ideenfindung die darin bestand, dass ich schnellen Schrittes mehrere Runden durch unsere Wohnung tigerte.
Meine Stimmung war danach wieder etwas mehr in den Bereich der „Plusgrade" gewechselt und ich

setzte mich in Erwartung von Ideen wieder an den PC.
Nach einer weiteren ½ Stunde sah die Seite allerdings wie folgt aus:
~~„Ich möchte den geneigten Lesern mit diesem Vorwort........"~~
~~„In den nachstehenden Geschichten finden sie..........."~~
~~„Ich möchte sie mit den nachfolgenden Geschichten............."~~

....
....
....

Spätestens nach diesen missratenden Ansätzen wurde mir klar, dass ich kein Vorwort zu Stande bringen werde.
Ich tröstete mich mit dem Gedanken, dass aufgeschriebene Geschichten ohne vorangestelltes Vorwort immer noch besser sind, als ein geschriebenes Vorwort ohne nachfolgende Geschichten.

H. Hottmann

Unten wie Oben

Es sollte eigentlich eines der üblichen 15:00 Uhr Freitags-Meetings im Sitzungssaal des Höllen-Vorstandes werden.
Der Kalender zeigte den 15. November des Jahres 2013.
Der Oberteufel betrat pünktlich den Raum und man sah es ihm an, dass er missmutig gelaunt war.
Er setzte sich schnell auf den reichverzierten goldenen Chefsessel an der Stirnseite des für
5 Unterteufel bestuhlten Beratungstisches.
Ohne große Begrüßungszeremonien, die eigentlich üblich waren, kam er gleich zur Sache.

„Wir haben heute nur einen einzigen Tagungsordnungspunkt zu besprechen. Warum haben wir seit zwei Wochen keine Neuzugänge an Menschenseelen mehr? Das gab es in den letzten zweitausend Jahren der Menschengeschichte noch nie!"
Des Oberteufels Hörner begannen in einem schwachen Rot zu leuchten und er sah zornig in die gedrückt wirkende Runde der Unterteufel, und, ...er forderte Antwort.
Wie immer in diesen Meetings, galt die erste Frage an den rechts vom Oberteufel sitzenden Unterteufel, also an den, der für die äußeren Beziehungen zu den befreundeten Mächten zuständig ist. Dieser gab folgende Erklärung ab:
„Das Ausbleiben der sündhaften Seelen ist nicht von Menschen gemacht"- sagte der auch für die

Sponsorenverträge verantwortliche Unterteufel - „sondern vom Obergott gewollt, denn dieser hat vor 14 Tagen den über Jahrhunderte mit uns bestehenden Sponsorenvertrag aufgekündigt."

„Wieso?" - fragte der Oberteufel - „was heißt aufgekündigt und vor allem, warum wurde ich nicht schon vor 14 Tagen darüber informiert?!"

Die Hörner desselben nahmen in ihrer Rotfärbung noch etwas zu und der IT-Unterteufel
versuchte eine Erklärung:

„Zunächst waren wir in unserer Abteilung noch nicht sicher, ob es eine wirklich echte Mail vom Obergott war oder eine, in Trojanern eingebettete.

Die, allerdings vielleicht zu lang dauernde Überprüfung über 2 Tage, erbrachte dann die Bestätigung: Die Mail ist echt!

Da ihr aber auf Dienstreise in empfangsschwachen Gebieten der Unterwelt unterwegs ward,
hatten wir keine Chance, ihnen darüber eine Mitteilung zukommen zulassen."

„Holt euch doch der ..... ihr IT-Spezialisten" - sprach der Oberteufel, „wir haben doch ausgebildete Eilboten-Teufel, die mich in kurzer Zeit überall in der Welt erreichen können!"

„Diese Eilboten-Teufel"- sprach der Unterteufels des Inneren, „wurden, ich mag es nicht aussprechen, auf ihre Weisung hin, vor 10 Jahren entlassen, da sie mit der Einführung der Computertechnik für überflüssig angesehen wurden."

„Ja, dann hättet ihr „Jetzt-Oberschlauen" damals meiner Weisung widersprechen müssen!"
„Ja, das hätten wir vielleicht tun sollen."-sprachen die Unter-Teufel und ihre Hörner begannen in einem leichten Grün zu leuchten, welches Untergebung signalisierte.

„Nun", sagte der Oberteufel, „dann hören wir hoffentlich etwas Positives von unserem Advocatus diaboli, der bestimmt die Kündigung des Sponsorenvertrages gründlich unter die Lupe genommen, und dessen noch bestehende Rechtmäßigkeit schon vor Tagen dem Obergott mitgeteilt hat."
„Verehrter Oberteufel, natürlich habe ich mir sofort nach Eingang der obergöttlichen Kündigung, den Vertrag aus dem Jahr 20 u.Z. noch mal durchgesehen und auf eventuelle Fallstricke untersucht. Das mehr als 100-seitige Dokument ist wasserdicht, vielleicht bis auf einen Passus des Paragraphen 41 im Punkt 17. Dieser besagt, „das Nichtigwerden des Sponsorenvertrages zwischen den Geschäftsstellen des Obergottes und des Oberteufels tritt automatisch in Kraft, wenn es länger als 14 Tage keine gegenüber den 10 Geboten des Obergottes, sündhafte Handlungen, Gedanken und Meinungsäußerungen von verstorbenen, also ehemals lebenden Menschen gegeben hat, die sonst zur Überstellung in die Hölle geführt hätten. Absatz Ende.
Es scheint so, als ob sich der Obergott und seine Rechtsberater auf diesen Paragraphenabsatz des Vertrages berufen."

Sogleich begannen die Hörner des Advokaten-Erzteufels vorsichtshalber in einem etwas
stärkeren   Grün zu leuchten.
„Hat er sich auf diesen Absatz berufen," fragte der Oberteufel, „oder scheint es so?!
Euer Advokaten-Kauderwelsch ist weder verständlich, noch anscheinend zu etwas Nütze. Wir werden noch einmal darauf zu sprechen kommen, wie man echt wasserdichte Verträge macht." sagte der Oberteufel und wandte sich dem nächsten Erzteufel zu, zu dem, der für die technische Unterhaltung der Hölle zuständig ist.
„Verehrter Oberteufel, ich will nicht um den heißen Brei herumreden, die Lage ist alles andere als befriedigend. Wir haben nur noch Brennmaterial für 2 Tage, um die Kessel mit den Millionen sündigen Seelen zu beheizen, und doch mussten wir schon heute in dem noch nicht auf moderne Brennanlagen umgestellten Kesselhaus 2, deren Beheizung außer Betrieb nehmen. Die in den Kesseln befindlichen Seelen klagen über das Ausbleiben von Wärme, frieren, und ......, fangen an, zu meutern."
„Die Seelen in der Hölle fangen an, zu meutern??!! Ja kann man sich denn etwas Absonderlicheres vorstellen??!!." rief der Oberteufel, und seine Hörner nahmen ein bedrohliches Rot an.
„Das sind ja tolle Nachrichten! Aber weiter", sagte der Oberteufel „obwohl ich mir fast denken kann, dass die Ausführungen des jetzt zu befragenden Erzteufels der Finanzen ebenfalls nichts Positives beinhalten wird, wollen wir ihn dennoch anhören."

„Verehrter Oberteufel, ich kann meinem Bericht, wie ihr richtig vermutet, auch nichts Positives abgewinnen. Die Lage ist folgende: Die Ausgaben für Brennmaterial, Wassernachfüllungen, Kesselinstandsetzungen, Beleuchtung und Bezahlung der Unterteufel, für die Monatsrate zur Feuerversicherung, der Korrespondenz zur obergöttlichen Behörde, der Wartung der IT-Anlage und der Flate-rate, für euren Salär haben in den letzten 14 Tagen: 1.240.362 Mio Teufels-€ betragen.

Die Einnahmen waren durch die ausbleibenden Sponsorengelder: 0,00 Teufels - €.

Die deshalb notwendige Entnahme von Rückstellungen aus den in den letzten Jahrhunderten gebildeten aktiven Vermögenswerten, betrug: 1.240.362,- Mio Teufels -€.

Die noch vorhanden aktiven Vermögenswerte betragen: 27 Teufels-Euro und 53 Teufels-Cent.

Mit anderen Worten bedeutet dies, dass wir mit dem heutigen Tag - bitte verzeihen sie den Ausdruck, rein buchhalterisch, pleite sind!!

„Aber", fragte der sich der Brisanz seines Vorschlages bewusste Finanzerzteufel, "vielleicht könnten Sie, verehrter Oberteufel, die hoffentlich bald beendete finanzielle Durststrecke, durch eine Zuwendung aus ihrer Privatschatulle überbrücken helfen?"

In Bruchteilen einer Sekunde begannen die Hörner des Oberteufels ein weißglühendes Aussehen anzunehmen und er sprach in höchster Erregung:

„Einen solchen Vorschlag hat es seit Bestehen der Hölle noch nie gegeben. Wer auch nur Solches denkt, dass aus dem Privatbesitz des Oberteufels nur ein Cent zum Kauf von Brennmaterial für die büßenden Seelen bereitsteht, hat seine Berufung zum Finanzteufel verwirkt und ....., ist entlassen.! Räumen sie ihren Stuhl!
Der Personalunterteufel wird sie in die Personalabteilung begleiten und ihnen die Entlassungspapiere überreichen. Eine Abfindung ist selbstverständlich nicht vorgesehen."

Das Licht in den Hörnern des abgesetzten Finanzerzteufels erlosch und mit eingezogenem Schwanz verließ er den Sitzungssaal zusammen mit dem Personalunterteufel, dessen Hornfärbung an Grüntönung zunahm.
„Die Leitung der Finanzen übernimmt mit sofortiger Wirkung der Stellvertreter des bisher zuständigen Erzteufels."
„Verehrter Oberteufel," sagte der Advocatus-Unterteufel , „wir haben alle keine Stellvertreter mehr, sie wurden gemäß ihrer Weisung mit Aktenzeichen „OT-02-08-1513„ vor 500 Jahren entlassen und ihre Stellen ersatzlos gestrichen."
Der Oberteufel rang zunächst nach Worten, sagte dann aber:
„Ich werde sicherlich damals meine Gründe dafür gehabt haben. Sei es drum, dann übernehme ich ab sofort das Aufgabengebiet des Finanzunterteufels selbst.

Die Sitzung ist für 60 Minuten unterbrochen!"
Der Oberteufel verließ, wie es sich geziemt, als erster den Versammlungsraum, die Erzteufel folgten in gebührlichem Abstand mit selbstverständlich noch grün leuchteten Hörnern.

Nach 50 Minuten nahmen die Erzteufel wieder ihre Plätze ein, schalteten ihre Hörnerbeleuchtung auf mittleres Hellgrün und erwarteten den Oberteufel.
Zu ihrer großen Überraschung betrat er den Sitzungssaal mit zufriedener Mine und völlig entspannt leuchtenden Hörnern in Weiß-Grau.
„Ich habe die Pause, nicht so wie ihr, zum Rauchen genutzt, sondern habe mich ans „Rote Telefon" gesetzt und mit dem Obergott gesprochen.
Dieser war völlig überrascht über die finanzielle Lage in der wir uns befinden und versprach einen Rückruf in 10 Minuten.
Nach nur 5 Minuten war er wieder am Telefon und teilte mir mit, daß die Ursache für die Irritationen zwischen unseren beiden befreundeten Einrichtungen in der unzureichenden Abstimmung über die Aufgaben, ihm unterstellter Mitarbeiter war.
Eine Urlaubsbewilligung für den Erzengel Gabriel, der ja bekanntlich für die Entscheidung über den Verbleib der im Himmel ankommenden Seelen der Verstorbenen zuständig ist, hat zu den eingetretenen Verhältnissen geführt.
Zwar wurde eine Urlaubsvertretung benannt, diese aber nicht richtig in die Entscheidungsfindung zwi-

schen „Himmel oder Hölle" eingewiesen. Er hat einfach alle ankommenden Seelen in Richtung Himmel durchgewunken.
Der Obergott teilte mir am Ende des Gespräches mit, dass der Erzengel Gabriel ab morgen wieder seinen Dienst antreten wird, die Urlaubsvertretung entlassen ist und die uns vertraglich zustehenden Sponsorengelder unverzüglich überwiesen werden."

Die Unterteufel spendeten ihrem Oberteufel einen ungewöhnlich langen Applaus und verließen sichtlich erleichtert - was auch an der Wiedererlangung der natürlichen Hornfärbung abzulesen war - zusammen mit dem Oberteufel den Sitzungssaal und gingen wieder an ihre gewohnte Arbeit.

Oben wie Unten

Es war an einem Freitag.
Der Kalender, der Zeiten festschreibt, gilt für Oben und Unten und für die lebenden Menschen gleichermaßen.
Im Oben stand, wie gewöhnlich an diesem Wochentag, die Besprechung der himmlischen Verwaltung an.
Den Vorsitz hatte seit dem Bestehen der Welt, der Obergott.
5 Stühle standen neben dem Himmels-Thron bereit, um von den 4 Erzengeln und von Jesus Christus besetzt zu werden.
Pünktlich um 15 Uhr betraten der Obergott - mit strahlend goldenem Heiligenschein - und die 4 Erzengel Gabriel, Michael, Raphael und Uriel in ihren leuchtend Silbernen, den Sitzungssaal.
Der rechte Stuhl neben dem Obergott blieb unbesetzt, denn Jesus Christus hatte wie in den letzten 2000 Jahren, keine Zeit an diesen Beratungen teilzunehmen, da seine Anwesenheit ständig bei Abendmahlsfeiern rund um den Erdball in Anspruch genommen wird.
Der Obergott eröffnete die Sitzung und verlas die nur einen Punkt enthaltende Tagesordnung:
„Auswertung der Panne bei der Urlaubsvertretung des Erzengels Michael."
„Ich will keine Einzelheiten darüber erfahren, warum eine solch trotteligeUrlaubsvertretung ausgewählt,

und warum sie in ihre Aufgaben so schlecht eingewiesen wurde. Das ist nicht das eigentliche Problem. Viel mehr Sorgen macht es mir, dass das Durchwinken aller am Himmelstor angekommenen Seelen der letzten 14 Tage dazu geführt hat, das sich zum gegenwärtigen Zeitpunkt, ich weiß nicht wie viele, aber es werden einige Zehntausend Sünden beladene Seelen sein, die sich in unseren himmlischen Gefilden aufhalten und sich mittlerweile unter die frommen Seelen gemischt haben dürften.
Ich bitte um Vorschläge, wie diese unrechtmäßig bei uns seienden Seelen erkannt, und nachträglich der Hölle überstellt werden können."
Der Erzengel Michael ergriff das Wort:
„Gelobt sei der Obergott im Himmel, der Erschaffer der Welt, der Herrscher über die Natur und die Menschen, der...."
Der Obergott unterbrach ihn und sagte: „Du kannst die mir tausendfach bekannten Demutsbezeugungen und Lobhudeleien weglassen,
komme bitte zur Sache!"
Der Erzengel machte dies, und sagte:
„Verehrter Obergott, dies wird sehr schwirig, da zu allem Unglück keine Eintragungen zu den Namen und der Herkunft der Seelen erfolgten. Just in diesen 14 Tagen fühlte sich der Himmelstürverwalter, der hochangesehene Petrus sehr unwohl und musste das Bett hüten. Er hatte den Schlüssel nach der Öffnung des Himmelstores neben das Buch der Seelen auf seinem Nachtschrank abgelegt und beides nicht an meinen

Vertreter übergeben. So sind die ankommenden Seelen einfach ohne Registrierung durch das offene Tor in den Himmel zu uns gelangt."
„Dies ist mir alles hinreichend bekannt," sagte der Obergott, „ich möchte keine Wiederholung von eingetretenen Tatsachen, sondern Schlussfolgerungen!"

Da im Heiligenschein des Obergottes keine Farbwechselmechanismen vorgesehen waren, gewahrten die vier Erzengel aber dennoch, dass eine gewisse Abweichung im selbigen von der idealen Rundform eintrat.
Der Erzengels Michael führte weiter aus:
„Selbstverständlich habe ich mir, als der eigentliche Verursacher der Panne, darüber Gedanken gemacht. Man könnte vielleicht eine nachträgliche Befragung der in den letzten 14 Tagen in den Himmel gekommen Seelen vornehmen, und ich habe mir einen Fragebogen ausgedacht. Dieser sollte, wenn er die Zustimmung des Obergottes erlangt, wie folgt aussehen:
„Frage 1:
Wie ist dein Name und welcher Herkunft bist du. Als was hast du gearbeitet und an welchem Wohnort warst du vor deinem Tod gemeldet?
Frage 2:
Wie oft hast du in deinem vormalig lebendigen Leben gegen die 10 Gebote verstoßen?
Frage 3:
Erkennst du den Obergott als den rechtmäßigen Herrscher des Himmels, der Erde und der Menschen an?
Frage 4:

.... !"
„Da muss ich schon einhaken", sagte der Obergott, „bevor die 4. Frage gestellt wird.
Bei all deiner Mühe die du dir bei der Erstellung des Fragebogens gemacht hast, schon die Einleitung dazu wirft die Frage auf, wie die in den letzten 14 Tagen in den Himmel gekommenen Seelen identifiziert und danach befragt werden sollen?
Ist es dir entfallen, dass wir hier im Himmel für die zu uns kommenden Seelen als Zeitmaß die Ewigkeit haben? Da gibt es keinen Zeitraum: „in den letzten 14 Tagen", der befragt werden könnte!"
„Ja, ... natürlich", sagte etwas stotternd der Erzengel Michael, dessen Heiligenschein ein verblassenden Silberton annahm. „Da haben sie, verehrter Obergott recht, und unser Problem kann mit einem solchen Fragebogen wahrscheinlich nicht gelöst werden."
Der Obergott wandte sich nun mit doch leicht verbeultem Heiligenschein an den Erzengel Gabriel, der als Bote desselben beauftragt ist, die Sicherheit des Himmels und die Verbindung zur Menschen- und der Unterwelt aufrechtzuerhalten.
„Erzengel Gabriel," sagte der Obergott, „ich kann mich erinnern, dass wir vor 5 Jahren beschlossen hatten, die Himmelspforte zur Sicherheit mit modernen Videokameras zu überwachen und die ermittelten Bild -und Tondokumente lückenlos auf dem Himmels-Server aufzuzeichnen. Ist dies geschehen, sollte es uns mühelos gelingen, sämtliche ankommenden Seelen der letzten 14 Tage zu identifizieren. Da Computer nichts von der Ewigkeit wissen, sondern immer in

Echtzeit arbeiten, können sie uns sicherlich die gewünschten Informationen der letzten 14 Tage liefern."

„Verehrter Obergott, ich kann ihre Kenntnisse in der modernen Kommunikationstechnik nicht genug loben, aber bei der Installation haben wir offensichtlich einen Fehler gemacht."

„Wie kann man bei der heutzutage idiotensicheren Programmierung von Überwachungsanlagen einen Fehler machen?! Dies ist mir absolut unverständlich!" sagte der Obergott leicht erregt, aber noch ohne weitere Veränderung an der Form seines Heiligenscheins. Der vom Erzengel Gabriel, nahm aber ein noch matteres Silber an.

„Verehrter Obergott", sagte der Erzengel Gabriel; „wir wollten bei der Inbetriebnahme des Überwachungssystems dessen Funktionssicherheit noch erhöhen und haben das Ein-und Ausschalten desselben mit der Betätigung des Schlüssels zum Himmelstor gekoppelt, in der Art, das es sich automatisch ausschaltet, wenn länger als 12 Stunden keine Schlüsselaktivität erfolgt. Da aber Petrus den Schlüssel zum Himmelstor bei sich auf dem Nachtschrank hatte, wurde nach dem Öffnen am Morgen, am Abend keine Schließfunktion ausgeführt und somit das System nach 12 Stunden Betrieb heruntergefahren und abgeschaltet."

Die Form des Heiligenscheins des Obergottes nahm nun doch ein gezacktes Aussehen an und er sagte erregt:

„Welche Idioten sich eine solche „Erhöhung der Funktionssicherheit" ausgedacht und dann auch noch programmiert und in Betrieb gesetzt haben will ich nicht wissen! Ich will nur Eines: die Namen und die Sündenregister der Seelen wissen, die zu Unrecht in den Himmel gekommen sind. Wie ihr, meine oberschlauen Berater das herausbekommt, ist mir herzlich egal!!
Wir treten jetzt in eine 60 Minuten dauernde Beratungspause ein."

Die Pause war nach 30 Minuten beendet, denn der Obergott betrat mit ideal-kreisrundem, goldenem Heiligenschein das Beratungszimmer.
Der Obergott sagte: „Ich habe die Beratungspause nicht so wie ihr, für unnütze Gebete verschwendet, sondern über das „Rote Telefon" mit dem Oberteufel gesprochen.
Er bot Hilfe an.
Ich war zuerst nicht sonderlich erfreut darüber, ja im Prinzip ganz erbost, aber er sagte zu, die uns verlorengegangenen Seelen-Daten aus seinem Überwachungssystem des Himmelstores auftreiben zu können. Ganz im Geheimen hat er neben unseren Kameras, eine von seinem IT-Unterteufel kontrollierte Video-Installation angebracht, die das Betreten der Seelen durch das Himmelstor im Zeitraum der letzten 2 Jahre lückenlos dokumentieren kann. Ich frage mich aber ernsthaft, wieso eine solche Aktion meinen so zahlreich vorhandenen Engeln verborgen geblie-

ben ist? Können sie neben ihrem stundenlangen „Halleluja-Singsang" nicht auch mal einen Blick auf das werfen, was an unserem Eingangsbereich geschieht? Wir brauchten seit tausenden von Jahren keinen neumodischen Technikkram, hatten allerdings zuverlässigere Mitarbeiter als heutzutage."

Der Obergott wurde unterbrochen, denn es klopfte an der Tür des Beratungszimmers.
„Verehrter Obergott", sagte sein Privatsekretär -Engel eintretend, „der Oberteufel wünscht sie am „Roten Telefon" zu sprechen."
„Ich komme!" sagte dieser und verließ den Raum. Das Gespräch nahm folgenden Verlauf:

Oberteufel:
„Verehrter Obergott, obwohl von mir zugesagt, dass die sie interessierenden Himmelstor-Daten in Kürze überspielt werden, hat mir mein IT-Erzteufel soeben mitgeteilt, dass dieses durch ein Software-Fehler jetzt und in den nächsten Tagen nicht möglich sein wird. Ich habe mich deshalb entschlossen, die auf einer externen Festplatte gespeicherten Daten persönlich bei ihnen vorbeizubringen. Also dann, bis gleich!"
Dem Obergott verrutschte der Heiligenschein und es verschlug ihm kurz die Sprache. Er legte, ohne sich zu verabschieden den Hörer auf und überlegte, was zu tun ist.
Noch ehe er einen Entschluss gefasst hatte, spielte sich folgendes am Himmelstor ab.

Der Oberteufel, in der Himmelsgegend seit Jahrtausenden Luzifer genannt, bat um Einlass.
Der diensthabende Petrus-Vertreter-Engel verwunderte sich sehr, dass ein Engel mit schwarzen Flügeln vor ihm stand und verwehrte dem Oberteufel den Durchgang durch das Himmelstor.
Dieser hatte Schwierigkeiten erwartet, und besann sich auf eine List.
„Ich kann mir wohl denken, dass ihr noch nie einen Engel mit schwarzen Flügeln gesehen habt, und recht habt ihr mit eurer Vorsicht. Aber ihr sollt wissen, dass ich einer von den Engeln bin, der zum persönlichen Sicherheitsdienst des Obergottes gehört, und dieser hat mich auf dem kürzesten Weg zu sich befohlen. Der Flug führte mich allerdings über einen gerade ausgebrochenen Vulkan, der große Mengen an schwarzem Rauch und Ruß ausstieß. Deshalb haben meine Flügel die schwarze Farbe angenommen."
Die Begründung leuchtete dem Wächter-Engel ein, und er ließ den Oberteufel in das Himmelstor eintreten.
Dieser verwunderte sich sehr, was sich alles seit seiner Verbannung aus dem Himmel vor tausenden von Jahren verändert hat.
Der Weg zum Sitz des Obergottes, einst mit eben geschliffenem Kopfsteinpflaster belegt, war mit Schlaglöchern übersät, in denen Wasserpfützen standen.
Der Wegweiser: „Obergott - 2 km" hing nach unten und schien, direkt in die Hölle zu weisen.
Nur die „Halleluja"- singenden Chöre der Erlösten schienen auf den ersten Blick die gleichen wie vor

Jahrtausenden zu sein. Mit Palmzweigen in den Händen sang die Tagschicht das „Gotteslob" vom Morgen bis zum Abend, bis sie von der Nachtschicht abgelöst wurden, die gleiches von abends bis zum Morgen sang. Dann übernahm die Tagschicht wieder ihren Dienst und so weiter und so fort.

Der Oberteufel erreichte, durch Pfützen tretend, den Obergott-Palast und wurde ohne nochmalige Kontrolle eingelassen.
„Komm herein, Luzifer" ertönte es hinter der letzten Tür zum Allerheiligsten und der Oberteufel öffnete dieselbe, und trat ein.
„Hattest du einen guten Flug?" fragte der Obergott.
„Ja, den hatte ich" sprach der Oberteufel, die Gegend ist mir noch vertraut, obwohl seit meinem letzten Besuch im Himmel sehr viel Zeit vergangen ist."
„Kommen wir zum Geschäftlichen", sagte der Obergott ohne große Umschweife.
„Wir haben beide unsere Reiche, du das Unten der Unterwelt und ich das Oben im Himmel. Ich habe mir folgendes überlegt:
Was gehen uns eigentlich die Menschen an? Wenn sie beten wollen, sollen sie beten, wenn sie sündigen wollen, sollen sie sündigen und wenn sie sich die Schädel einschlagen wollen, na dann sollen sie es tun. Wir übernehmen ab sofort einfach keine Verantwortung mehr für die Menschen! Wir befehlen nicht mehr, was sie glauben sollen, und bestrafen nicht mehr, wenn sie Unrecht getan haben.

Die Menschen tun doch seit Jahrtausenden so wieso was sie wollen.
So lass uns denn sogleich am Himmelstor und am Eingang zur Hölle ein Schild anbringen, worauf steht:

> „Wegen Geschäftsaufgabe
> ist
> ein Eintritt nicht mehr möglich!"

Der Oberteufel überlegte kurze Zeit, war aber einverstanden und beide besiegelten ihre Übereinkunft mit einem Handschlag.

Was aus den nun beschäftigungslosen Erzengeln, Unterteufeln, dem Wachdienst des Himmels und den anderen Angestellten in Himmel und Hölle geworden ist, weiß ich nicht zu sagen.
Ich bin aber gewiss, dass die meisten von ihnen in der realen Menschenwelt angekommen sind und u.a. als Konzernbosse, Medienspezialisten, Rechtsverdreher, Mafiabosse und Kleriker ein einträgliches Einkommen haben.

__Zwischen Unten und Oben__

Auf dem Dach des 6 Etagen zählenden Verwaltungsgebäudes einer in Deutschland ansässigen Firma prangt das Logo:

Eyes for Toys
GmbH

Von den 107 fest angestellten Mitarbeitern werden in den unternehmenseigenen Werkstätten Glas-Augen für Tiere hergestellt, die den Teddys, Katzen, Krokodilen, Elefanten und noch vielen anderen Wesen aus Plüsch und künstlichem Pelz zum Sehen verhelfen.
Das Unternehmen war in den 50-ziger Jahren des vergangenen Jahrhunderts gegründet worden, und durch kluge Vorstandsentscheidungen und die fleißige Mitarbeit seiner Angestellten kontinuierlich gewachsen.
Es gehörte bis vor kurzem - wie es in Neudeutsch heißt- zu den Globalplayern der Branche. Der Umsatz an verkauften Glasaugen überstieg im letzten Geschäftsjahr erstmals die 15 Millionen Euro-Grenze.
Seit mehreren Wochen jedoch sank der Umsatz rapide.
Deshalb wurde den Mitgliedern des Führungszirkels am Donnerstag dieser Woche folgende Einladung aus der obersten Führungsetage zugestellt:

„Hiermit lade ich zu einer außerordentlichen Sitzung am morgigen Freitag um 10:00 Uhr.
Ich erwarte von Ihnen, eine gründliche Darstellung der in der Abteilung Ihrer Zuständigkeit in den letzten 6 Monaten bearbeiteten Aktivitäten."

gez.: Dr. Obermann
(Geschäftsführender Alleingesellschafter der Eyes for Toys GmbH)

Die 6 Mitglieder der oberen Verwaltung ahnten, dass es sich bei dieser Sitzung nicht um eine handeln wird, in der Belobigungen ausgesprochen und Boni verteilt werden.

Mit Aktenmaterial beladen, machten sich die Abteilungsleiter auf den Heimweg und wussten, dass ihr Feierabend heute mit der Anfertigung von PowerPoint Präsentationen am heimischen PC bzw. Notebook ausgefüllt sein wird.

Mehr oder weniger ausgeschlafen, betraten die Geladenen um 9:50 den Versammlungsraum.
Anstelle von Aktenbergen hatten sie ihre USB-Sticks vor sich liegen.
Das Gemurmel verstummte, als Herr Dr. Obermann pünktlich um 10:00 Uhr den Raum betrat.

„Meine Herren Abteilungsleiter, wir haben heute nur einen einzigen Tagesordnungspunkt zu besprechen:

Wie ist der Umsatzeinbruch in den letzten 8 Wochen zu erklären??!!
Ich brauche dazu keine graphischen Darstellungen vom Abteilungsleiter Absatz.
Den Umsatzeinbruch verfolge ich am PC.
Es geht vielmehr darum, die Ursachen dafür zu finden.
Liegt dieser Einbruch vielleicht an der fehlenden Motivation unseres Personals?"

„Nein," sagte der Personalchef, „daran kann es nicht liegen. Wir haben im letzten Monat mit allen Mitarbeitern - natürlich zeitversetzt - ein eintägiges Coaching durch die angesehene Beraterfirma „Time to go" durchgeführt, und ich kann Ihnen mitteilen, dass alle geschulten Mitarbeiter die abschließende Prüfung bestanden haben. Die erteilten Zertifikate wurden den jeweiligen Personalakten beigefügt."
„Sie können mir sicherlich auch sagen, was dieser Spaß gekostet hat?" fragte Dr. Obermann.
„Ja natürlich kann ich dies." antwortete der Personalchef. „Wir konnten mit der Beraterfirma einen Rabatt aushandeln, so dass sich der zu zahlende Betrag um 25 % verringert hat und nur noch bei 400 € lag."
„Das haben Sie gut gemacht!" sagte Dr. Obermann, „400 € für die Schulung der 107 Mitarbeiter!"
„Da haben sie etwas falsch verstanden bzw. ich habe mich nicht richtig ausgedrückt.
Die 400 € waren pro Mitarbeiter zu zahlen!"
Dr. Obermann rang, plötzlich rot werdend, nach Luft:
„Heißt das etwa, dass sie sich von einer windigen

Firma übers Ohr haben hauen lassen und sage und schreibe gut 40.000,- € aus der Firmenkasse für 107 nichtige Zertifikate diesen alles besserwissenden Coaching-Kaspern bezahlt haben?"

„Das habe ich selbstverständlich nicht bezahlen können, dazu brauchte ich die Genehmigung durch den Abteilungsleiter für Finanzen. Er hat den Vertrag und die Rechnung überprüft, beides für richtig befunden und das Geld überwiesen.

„Glückwunsch, meine Herren," sagte Dr. Obermann sarkastisch, „es kommt kein Geld aus Verkäufen in die Firmenkasse, aber ausgegeben haben wir 40.000 € für Urkunden, die wir auch hätten selber ausstellen können! Und was hat dieses idiotische Coaching gebracht?"

„Nun", dies lässt sich selbstverständlich nicht in Heller und Pfennig beziffern, aber unserer Belegschaft wurde vor allem vermittelt, dass die Arbeit in unserer Firma Freude macht und sie deshalb seit der Schulung jeden Morgen mit einem Lächeln im Gesicht und frohen Mutes durch das Werkstor hereinkommen." sagte der Personal-Abteilungsleiter.

„Na, hoffentlich hält dieses Lächeln und die Freude auch an, wenn sie vielleicht an einem nicht mehr allzu fernen Tag mit ihren Entlassungspapieren durch das gleiche Tor nach draußen und für immer heimwärts gehen werden." bemerkte Dr. Obermann.

„Ganz nebenbei, da wir gerade von Papier sprechen, ich schweife nur kurz von unserem eigentlichen Problem ab. Wieso hat der Verbrauch an Druckerpapier in den letzten 2 Wochen das 4-fache des Normalverbrauches betragen, obwohl wir vor 3 Wochen die Halbierung des Verbrauches beschlossen hatten ?!"
Der Abteilungsleiter Personal fühlte sich erneut angesprochen und führte aus:
„Da wir immer bestrebt sind, dem gesamten Personal die Beschlüsse der Firmenspitze nahezubringen, hatten wir unmittelbar nach dem ergangenen Beschluss zur Einsparung von Druckerpapier diese Anweisung in einem Anschreiben, jedem Mitarbeiter bekannt gegeben.
Nach einer mehrstündigen, internen Beratung in der Personalabteilung befanden wir, dass es am wirksamsten ist, diesen in Schriftform und in 4-facher Ausführung an die gesamte Belegschaft zu übersenden.
Innerhalb von 2 Tagen sollten alle Mitarbeiter drei davon mit eigenhändiger Unterschrift an die Personalabteilung zurückschicken, was sie auch alle getan haben.
Davon wurde 1 Exemplar in der persönlichen Personalakte hinterlegt, ein zweites in der Personalakte der Abteilung und schließlich das 3. Exemplar im zentralen Archiv der Firma.
Deshalb sind nun mal auf einen Schlag gut 500 zusätzliche Seiten Druckerpapier zusammengekommen, wenn man die Fehldrucke dazu rechnet. Diese 500

Seiten Druckerpapier sollten nun der Firmenkasse wirklich nicht wehtun!"

„Natürlich nicht wirklich," sagte Dr. Obermann, „aber es hätten auf diesen Seiten viel besser Kaufverträge ausgedruckt werden sollen!
Doch nun zurück zum eigentlichen Problem.
Wie ist der Umsatzeinbruch zu erklären?
Liegt die wirkliche Ursache in Auftragsstornierungen, in Reklamationen oder in bösartigen Ränkespielen der Konkurrenz?
Nun sind sie gefragt, Herr Abteilungsleiter für Absatz."
Dieser führte aus:
„Sehr geehrter Herr Dr. Obermann. Die Ursachen sind in einem Mix derselben zu suchen, vornehmlich aber in Reklamationen und danach folgenden Auftrags-Stornierungen.
Aus mir unerklärlichen Gründen häufen sich diese in unseren tropischen Absatzgebieten und in den arktischen- bzw. antarktischen Regionen. Diese zwei Absatzmärkte machen bekanntlich etwa 70 % unseres weltweiten Umsatzes aus.
Als Reklamationsgründe werden in den warmen Gebieten das Schmelzen unserer Glasaugen-Fabrikate in der Sonne, und in den kalten Gebieten deren „Verschrumpeln" angegeben."
„Unsere Glasaugen schmelzen und „verschrumpeln"???!!! Das Gesicht von Dr. Obermann nahm wieder an Rötung zu und er fragte:

„Ja, haben sie denn ohne mein Wissen das Material für unsere Augen von Glas auf Zucker umgestellt !!??"

„Nein, das haben wir natürlich nicht," sagte der für Materialfragen und das Input-Controlling zuständige Abteilungsleiter des Quality Controllings.

„Ich weiß, dass ich jetzt ein heißes Eisen anfasse, aber ich muss es tun und die eigentliche Ursache des Umsatz-Absturzes benennen.

Vor ziemlich genau 3 Monaten verteidigte ein Praktikant (1. Semester BWL) der auf Empfehlung ihres Bruders in einem 14-tägigem Praktikum den Materialfluss in unserer Firma untersuchte, seine Ergebnisse in einem Meeting. Er fand über „Google" heraus, dass wir den Glasausgangsstoff für die Fertigung unserer Augen bei unseren Lieferanten aus dem Schwarzwald viel zu teuer bezahlen. Bei einer Umstellung auf einen Lieferanten aus Übersee könnten wir gut 50 % unserer Materialkosten einsparen. Dies wären immerhin 300.000.- € jährlich. Nach einer internen Beratung der Abteilungsleiter Produktion, Absatz, Quality Controlling und Finanzen, haben wir den Lieferantenwechsel beschlossen und die entsprechenden Verträge gekündigt bzw. bestätigt."

Das Gesicht von Herrn Dr. Obermann nahm bis in die Ohrenspitzen eine dunkelrote Färbung an.

„Befinde ich mich hier in einer Besprechung der eigenen Firma oder bin ich von mir unbemerkt in einem Tollhaus gelandet.

Warum wurde ich nicht umgehend von diesen Neuerungen unterrichtet ??!!"

„Die Erklärung ist einfach", sagte der für die Finanzen zuständige Abteilungsleiter. Wir wollten Ihnen die 300.000,-€ -Einsparung zu ihrem 30-jährigem Firmenjubiläum, welches ja bekanntlich im kommendem April ansteht, zum Geschenk machen."

„Dies wäre ein wahrhaft prachtvolles Geschenk, für das ich vielmals Danke sagen würde, aber ich werde es nicht annehmen können, da es mein 30-jähriges Firmenjubiläum nicht geben wird.

Meine Herren Abteilungsleiter wir sind nicht zuletzt durch ihre unermüdliche Arbeit für das Unternehmen in den letzten Monaten, schlicht und einfach pleite.

Sie, und alle ihnen unterstellten Mitarbeiter hatten heute ihren letzten Arbeitstag.
Für den Abteilungsleiter Personal gebe ich noch drei Tage, um die Kündigungsschreiben abzufassen.
Auf irgendwelche Personalpläne und Abfindungen brauchen sie nicht zu hoffen."

Die Abteilungsleiter verfolgten mit erstarrter Mine das Verlassen des Meetingraumes durch Herrn Dr. Obermann.

Dieser setzte sich an seinen PC und verfasste ein Schreiben an die zuständige Behörde, in dem er die Schließung seiner Firma mitteilte.
Er checkte den privaten Kontostand bei seiner Hausbank und war mit den

angezeigten + 2.230.457,43 € zufrieden.
Er wählte eine Maklernummer für Grundstücke auf Ibiza und teilte sein Interesse an einem Grundstückskauf auf der Insel mit.

Was aus dem 6-stöckigen Verwaltungsgebäude, den firmeneigenen Werkstätten und den 107 ehemals festangestellten Mitarbeitern geworden ist, weiß ich nicht zu berichten.
Vielleicht werden die Gebäude abgerissen, in einen Kindergarten verwandelt, vielleicht in ein Spielkasino, vielleicht aber auch von einem Start-up-Unternehmen übernommen, welches Glasaugen auf Zuckergrundlage für Tiere aus Plüsch und künstlichem Fell herstellen will.

Das Klavier

Mein Klavier hatte gestern Abend, ich wollte gerade im Schopenhauer lesen, plötzlich das Bedürfnis, sich mit mir zu unterhalten.
„Heute ist ein besonderer Tag für mich" sagte das Klavier, „denn auf den Tag genau vor
100 Jahren, wurde mit meinem Bau begonnen. Du musst wissen, dass ein jedes Klavier, welches dieses Jubiläum begeht, die Fähigkeit erlangt, zu sprechen."
Ich war sehr erstaunt und legte das Buch zur Seite und hörte verwundert zu, als mein Klavier begann, seine Geschichte zu erzählen:
„Ich erinnere mich noch ganz genau, wie alles begann und was für eine merkwürdige Geschichte in unserer Klavierbauwerkstatt zu dieser Zeit geschah.
Der Kalender zeigte Mittwoch, den 03.02.1913. Fleißige Tischler fertigten ein Gestell aus Lindenholz, leimten und schraubten es zusammen, um die edlen Innereien aufzunehmen. Es wurden Tasten gefertigt, auf Samtstreifen ausgelegt und millimetergenau eingebaut.
Das Bespannen des Messing-Rahmens mit den Stahlsaiten und dessen Einsetzen erforderte die Kraft von vier Gesellen. Feinpoliertes Holz für das Äußere wurde angebracht und dann stand ich nach zwei Wochen des Stimmens und des Polierens stolz als nagelneues Klavier im Schaufenster des Geschäfts „Schöne & Söhne".

Nach vier Wochen des vergeblichen Wartens auf einen Käufer wurde ein gerade fertig gestellter Flügel neben mich gestellt. Dieser war mit Sorgfalt wie ich gefertigt, dünkte sich aber von Anfang an als etwas Besseres.
Ganz in feinem, schwarzen Lack gehüllt, spreizte er seinen aufgestellten Flügel und zeigte die blitzsauberen weißen und die schwarzen Tasten den vorübergehenden, ins Schaufenster blickenden Passanten.
Immer wieder schöpfte ich Hoffnung, wenn der Verkaufsraum von vermeintlichen Käufern betreten wurde. Sie schauten, drücktten die eine oder andere Taste aber keiner kam, um mich zu kaufen.
Eines Tages aber, kam ein gut gekleideter Mann in den Verkaufsraum und sagte, dass er ein Klavier kaufen möchte. Sogleich war der Meister höchstpersönlich zur Stelle. Er klappte den Deckel auf und spielte auf mir einen kurzen Satz einer Sonatine von Mozart, so gekonnt, wie ich es zuvor noch nie zu spielen brauchte. Alle meine Bauteile wurden gefordert, ihr Bestes zu geben, was sie auch taten. Die weißen und die schwarzen Tasten übertrugen durch die ausgeklügelte Mechanik, die Saiten anschlagend, die wunderschönen Mozart-Melodien in den Verkaufsraum.
Das Spiel wurde beendet und ich war stolz auf mich und meine Erbauer.
Der gut gekleidete Herr schien zufrieden zu sein, bat aber unseren Meister, dass gleiche Stück auf dem nebenstehenden Flügel zu spielen. Der tat es auch und der wohlbetuchte Herr entschied sich, diesen zu kaufen.

Es wurde der Vertrag unterschrieben und die stattliche Summe von 1.200,- Reichs-Mark bezahlt.
Am nächsten Vormittag wurde der Flügel von kräftigen Trägern auf ein Lastauto geladen und in die Stadt gefahren, und ich war wieder allein im Verkaufsraum. Tage und Wochen vergingen und ich wurde traurig.
Eines mittwochnachmittags, kurz bevor das Geschäft geschlossen wurde, trat ein untersetzter, einfach gekleideter älterer Mann herein. Und, schon wie er mich von allen Seiten betrachtete, die Außenhülle befühlte und mit einem Finger ein paar Tasten liebevoll anschlug und dem Klang nachhörte verriet, das er vom Fach war.
„Guten Tag Meister Schöne," sagte der Mann, „ein feines Klavier habt ihr da gebaut, alles ohne Fehl und Tadel, die Mechanik makellos und der Klang kann es mit den besten des Faches aufnehmen.
Ihr werdet mich nicht kennen, aber ich habe vor über 40 Jahren, beim Meister Bremer im entfernten Hamburg den Beruf eines Klavierbauers erlernt.

„Habt vielen Dank für das Lob, ihren Meister kenne ich nicht persönlich, weiß aber, dass er und seine Gesellen ihr Handwerk sehr gut verstehen."
Der alte Mann sagte:
„Ich bin schon oft vor eurem Schaufenster stehengeblieben und habe das Klavier angeschaut. Wie gern würde ich dieses mein Eigen nennen, aber die Zeit hat mir kein Geld, sondern die Gicht in die Hände gegeben. Nie mehr werde ich Akkorde greifen können, um daraus Melodien aufzubauen. Mir sind nur je ein

Finger der linken und der rechten Hand beweglich geblieben, aber dennoch, meine große Liebe sind die Tasten, und deren dazugehörige Saiten, die ich trotz der Gicht, mit dem Stimmschlüssel wieder harmonisch vereinen kann, wenn sie sich voneinander entfernt haben."

„Was hat euch für ein schweres Schicksal ereilt, aber auch welche Gabe ist euch erhalten geblieben." sagte der Meister teilnahmsvoll.

„Nun, auf diese Gabe hätte ich gern verzichtet, viel lieber hätte ich bewegliche Finger, aber es sollte wohl nicht sein, wer auch immer es so bestimmt hat."

„Ja, das Schicksal des Menschen kann oft niemand weniger bestimmen, als er selbst."

„Meister Schöne, ich möchte das Klavier kaufen, aber es ist noch nicht vollendet."

„Noch nicht vollendet? Es hat alles, was ein Klavier ausmacht!" sagte der Meister.

Plötzlich begann etwas, was Verwunderung erregte. Das Licht begann an zu flackern, Vorhänge wurden bewegt, obwohl kein Fenster geöffnet war.
Die einfache Kleidung des alten Mannes verwandelte sich in einen gediegenen Anzug und er verjüngte sich innerhalb weniger Augenblicke zu einem Mann in den besten Jahren.

„Meister Schöne, ich habe als alter, gichtiger Mann euer Geschäft betreten, ihre Klavier-Baukunst mit wirklicher Bewunderung bestaunt, aber seht, nicht

nur ich habe mich verändert, sondern auch der Kalender und mit ihm, die Zeit.
Am Eingang zu eurem Verkaufsraum zeigte der Kalender: „Mittwoch, 03.02.1913",
aber Meister Schöne seht jetzt auf den Kalender: Heute ist Mittwoch, der 03.02.2013!"

Es war Abend geworden und der Geschäftsschluss war eine Stunde über der Zeit.
Die Gesellen hatten schon lange die Werkstatt verlassen, und der Meister und der zeitlich Verwandelte waren allein im Verkaufsraum. Die Lampen wurden wie von Geisterhand bleibend angezündet, und Meister Schöne fand keine Worte zu dem, was vorging.
Aber es sollte noch seltsamer kommen.
Ich, das Klavier, wurde kleiner und kleiner, kein edelschwarzes Holz blieb, kein mit Stahlsaiten bespannter Messingrahmen und auch keine messingfarbigen Pedale. Allein die Tasten wurden in einem ganz flachen Metallkorpus ausgelegt.
„Ich weiß", sprach der zeitlich Verwandelte „es ist sehr schwer in die Zukunft zu sehen.
Denn diese baut in der Gegenwart eine hohe Mauer auf, über die wenig Sterbliche hinwegblicken können.
Der Mensch hat nur sichere Erkenntnis des Seins, welches in der Gegenwart liegt oder in der Vergangenheit lag.
Aber an wenigen Tagen eines Jahrhunderts ist es doch möglich, dass Eingeweihte durch ein kleines Loch aus der Zukunftsmauer in die jetzige Gegenwart

gelangen können. Und genau heute ist so ein Tag und ich habe es, als Enkel des alten Mannes tun dürfen.

Meister Schöne, hier vor euch steht ein Musikinstrument eurer Zukunft, also meiner Gegenwart. Kommt näher und betrachtet es."
Das tat Meister Schöne, der seine verständliche Scheu mutig und erstaunlich schnell abgelegt hatte. Er besah es sich von allen Seiten und sagte: „Musik-Instrument kann man mit Sicherheit nicht dazu sagen. Ich sehe zwar schwarze und weiße Tasten im Aufbau wie es sich gehört, aber keinen Korpus der die Saiten aufnehmen kann, keinen Resonanzkörper, in dem diese schwingend, die Töne hervorbringen, keine Pedale, um den Klang festzuhalten. Also, was kann dieses seelenlose Tastenbrett schon können?"

„Lasst euch überraschen!" sagte der zeitlich Veränderte.
Er drückte zwei, drei kleine Miniaturtasten, welche über der eigentlichen Tastatur angebracht waren, winzige Lämpchen blinkten auf und zeigten, dass das Instrument spielbereit war.
„Nun, Meister Schöne, welches Instrument des großen Orchesters möchtet ihr jetzt hören und selber spielen?"
„Wenn ihr auch aus der Zukunft seid, es kann unmöglich mehr als nur das leise Anschlagen der Tasten aus diesem Etwas ertönen."

Der zeitlich Verwandelte drückte in einer aufleuchtenden Anzeige die Taste „Piano".
Er spielte den Anfang der Mozart-Sonatine, die Meister Schönes Lieblingsstück war.
Dieser wollte es nicht glauben, aber er hörte es in einem makellosen Pianoklang.
„Zufrieden, Meister Schöne?" Dieser nickte stumm.
„Wollen wir jetzt zum Piano noch Geigen, die Trompeten, die Celli, die Hörner, eine Orgel und die Pauken dazu gesellen?"
Wieder wurden kleine Tasten gedrückt und die ausgewählten Instrumente zum Piano hinzugefügt.
„Meister Schöne, kommt und spielt mit einem ganzen Orchester."
Zaghaft drückte dieser die erste Note der Sonatine, es war ein „G". Das „G" erklang vom Piano gespielt, von den Streichern, den Bläsern, der Orgel und auch von den Pauken gleichzeitig.
Meister Schöne war so überwältigt, dass er die Taste erschrocken losließ und sagte:
„Das kann nicht mit rechten Dingen zugehen, ich muss es, obwohl ich nicht gläubig bin, als Teufelswerk bezeichnen. Wie kann ein ganzes Orchester in dieser Tastatur seinen Platz finden?"
„Nun, es ist kein Teufelswerk, sondern eine Entwicklung, die von Menschen erdacht wurde, die in den letzten Jahren des 20. Jahrhunderts lebten.
Sie ersetzten die Saiten durch kurze, hauchdünne, Spinnweben gleiche Drähte, die zu kleinen schwarzen Bausteinen führen, in denen die Töne und Klänge erzeugt werden. Wie dies genau funktioniert weiß ich

nicht, ebenso wie die vielen Anwender dieser Instrumente es auch nicht wissen wenn sie darauf spielen, aber es funktioniert.

Diese Instrumente werden nicht in kleinen Werkstätten gebaut, wie es in eurer Gegenwart der Fall ist, sondern in großen Betrieben mit vielen Beschäftigten.

„Aber, " sagte Meister Schöne, „da werden ja unsere Klaviere und Flügel, die wir in so mühevoller Arbeit bauen, gar nicht mehr gebraucht?!"

„Da habe ich Trost für euch. Es wird noch lange das Handwerk der Klavierbauer geben, nur werden es nur noch ganz wenige Werkstätten sein.

Da ich von der Zukunft weiß, kenne ich auch den Verbleib von eurem Klavier, welches mein Großvater von euch kaufen wollte und von dem Flügel, der mit diesem zusammen vor hundert Jahren in eurem Verkaufsraum stand.

Das Klavier steht heute in einer Bar in Zürich und jeden Freitagabend ist darauf „Ragetime" angesagt.

Der Flügel von einst, steht in Dresden, wohlbehütet und gepflegt in der Semperoper.

Schon viele berühmte Pianisten haben darauf gespielt und das Publikum begeistert.

In Zürich und auch in Dresden ist es seit vielen Jahren Tradition, das vor jedem Auftritt von den Pianisten das Messingschild mit einem Taschentuch-Wisch geputzt wird, auf dem steht:

„Schöne & Söhne".

Die Zeit war vergangen und die Uhr zeigte 0:00 Uhr.
Das merkwürdige Geschehen war auf einen Schlag
beendet. Kein zeitlich Verwandelter war mehr
im Raum, aber ich spürte eine innere Rückverwand-
lung in mir, mit der meine alte Beschaffenheit und
mein Aussehen wiederhergestellt wurde.

Meister Schöne löschte das Licht im Verkaufsraum
und stieg die Treppe zu seiner Wohnung herauf.
Er legte sich zu Bett und überdachte vor dem Einschlafen, was er Merkwürdiges erlebt hatte, zweifelte
am Geschehen, freute sich aber auf den morgigen
Tag, Donnerstag, den 04.02.1913, an dem er und
seine Gesellen beginnen werden, ein neues Klavier zu
bauen."

Damit endete die Geschichte, die mir mein Klavier erzählt hat.
Natürlich habe ich als Tastenversessener - im Heute
lebend - ein Keyboard, mit dem ich , Computer ver-
bunden, alle erdenklichen Instrumente erklingen lassen, das Gespielte speichern und verändern kann. Ich
störe keinen Mitbewohner des Hauses, denn ich habe
Kopfhörer auf und spiele nur für mich.
Aber wenn es mich ankommt, mal wieder auf einem
alt ehrwürdigen, von Meisterhand gebautem Klavier
zu spielen, schalte ich den Computer aus, setzte die
Kopfhörer ab, klappe den Deckel auf, putze mit einem Wisch das Messingschild „Schöne & Söhne",
schließe die Augen und spiele auf meinem hundert-
jährigen Klavier was mir gerade einfällt.

Ich habe es vor 14 Tagen aus der Bar in Zürich zu mir nach Hause in meinen Ruhestand geholt, wo es seinen Platz im Arbeitszimmer gefunden hat.
Wahrscheinlich ist es darüber genauso glücklich wie ich, und hat mir deshalb seine Geschichte erzählt.

Das Professorenkollegium

Es war seit langen Jahren Brauch, dass in der alten deutschen Universitätsstadt H. am letzten Freitagabend im Monat ein Professorenkollegium zusammenkam.

Dieses fand in einer vielbesuchten Studenten-Kneipe statt, die sich diese Bezeichnung seit Jahrhunderten verdient und es irgendwie verstanden hatte, das gesetzlich verordnete Rauchverbot zu umgehen und man beim Eintreten in die Räumlichkeiten zunächst nicht weiß, ob man in die Gastzimmer oder in die Räucherkammer der zum Wirtshaus gehörenden Metzgerei eintritt. Das Stimmengewirr ist es dann aber, welches den richtigen Weg zur Gaststube anzeigt.

Wer noch niemals im Leben einen solchen Raum betreten hat, sondern nur die aus Glas und Stahl gefertigten, rauchfreien und sterilen Bistros der heutigen Bahnhöfe und Innenstädte kennt, wird nicht empfinden können, wovon ich rede.

Die Turmuhr von Sankt Michaelis schlug 19:00 Uhr und an Pünktlichkeit gewöhnt, traten die verabredeten 4 Professoren kurz nacheinander in die gastlichen Räumlichkeiten ein, legten ihre Mäntel ab und setzten sich an ihren Stammtisch in einem der Nebenräume.

Am Tisch nahmen Platz:

- Herr Professor Dr. Klein von der philosophischen Fakultät,
- Herr Professor Dr. Engel von der theologischen Fakultät
- Herr Professor Dr. Stein von der naturwissenschaftlichen Fakultät
- und Herr Professor Dr. Selbstmann von der juristischen Fakultät

Die Herren Professoren hatten alle den Emeritus erreicht, was aber nicht zwangsläufig bedeutet, dass sie nun auch den Olymp der Allwissenheit bestiegen hatten, sondern nur den auch nicht zu verachtenden Status, eines Pensionsempfängers.
Und dennoch gingen die Herren Professoren des philosophischen, theologischen und des juristischen Gewerbes einer Nebentätigkeit nach.
Herr Professor Klein, der Philosoph, verhalf in einem von ihm gegründeten esoterischen Seminar, gescheiterten Führungskräften der mittleren Unternehmensebene zu Erkenntnissen, wie sie trotz Niederlagen, durch Kontemplation und der Lenkung von inneren Energieströmungen in die Zentrale ihres Seins, zu neuen Erfolgen kommen können.
Herr Professor Engel, der Theologe, war aktiv in der Evangelischen Fachstelle für Arbeitssicherheit (EFAS) und bearbeitet dort besonders den Punkt 9 des Präventionskonzeptes, der sich mit "Festlegungen der gegenseitigen projektbezogenen Unterstützungsleistungen" befasste.

Herr Professor Selbstmann, der Jurist, veranstalte in ganz Deutschland viel besuchte Wochenend-Seminare zum Thema: " Die Geheimarchive der Finanzbehörden -
wie Sie Mitwissender werden, und tausende zu viel gezahlter Steuer - Euro zurückerhalten können."
Nur Emeritus Professor Stein, der Naturwissenschaftler ging keinem Nebenverdienst nach.
Er hatte einfach keine Zeit dazu. Er genoss es, tagsüber für seine Frau, den Familien-Hund und das Haus da zu sein, und hatte am Abend, über Gott und die Welt nachzudenken und Gedanken dazu, zu Papier zu bringen.

Doch zurück zum gerade beginnenden Professorenkollegium.

Nach den üblichen Floskeln über das Wetter und die Befindlichkeiten der Professoren Ehefrauen, begann der Abend mit der Kredenz des ersten Vierterle an weißem Wein aus der näheren Umgebung. Es wurden Zigarren gereicht, und nach kurzer Zeit war das Zimmer des Professoren-Kollegiums in Sachen Durchsicht nicht mehr von den angrenzenden Trinkstuben der feiernden Studenten zu unterscheiden.

Der Vorsitz der Versammlung wurde, nach festgelegtem Ritual, an den zuletzt eintretenden Professor übergeben. Am heutigem Tag war es Herr Professor Klein von der philosophischen Fakultät.

Er hatte die Aufgabe, über das Thema zu bestimmen, zu welchem am heutigen Abend die Gedanken ausgetauscht werden sollen. Dieses durfte jedoch kein Gegenstand der Spezialwissenschaften der anwesenden Professoren sein, sondern ein ganz profaner. Allerdings war festgelegt, dass jedes Mitglied der Runde, den gewählten Begriff in sein Fachgebiet einbeziehen sollte und einen mindestens aus 5 Sätzen bestehenden Beitrag dazu vortragen muss. Diskussionen oder Einwendungen waren aber jederzeit möglich.

"Meine Herren Kollegen" sagte Professor Klein, " für den heutigen Abend bitte ich um Wortmeldungen zum Thema…?"
Er hielt kurz inne und überdachte, dass ein solches gar nicht so einfach zu finden ist,
schlug dann aber vor, über das "Abwaschen" zu reden.

Die drei Professoren-Kollegen bestätigten, dass das gewählte Thema nicht in ihr Fachgebiet fällt, und nahmen es an.

Herr Professor Klein hatte nach Philosophenart die Fähigkeit, aus jedem Wort der deutschen Sprache, nach denkenswerte Probleme zu formulieren, so auch zum Wort:
"Abwaschen".

"Abwaschen kann vieles bedeuten. Zunächst denkt man an das Abwaschen als lästige Folge eines in Töpfen oder Pfannen zubereiteten, und auf Tellern servierten Gerichtes in der häuslichen Küche.
Ich glaube, mit dieser wirklich profanen Tätigkeit verbringen wir als gelernte Professoren nur ein Bruchteil eines Prozentes unserer Lebenszeit. Wir anerkennen zwar die Notwendigkeit dieser Arbeit, überlassen diese aber uns nahestehenden Mitbewohnern unseres Hauses oder der Spülmaschine, die allerdings auch ein nerviges Ein- und Ausräumen erfordert."

Als erster bat der Vertreter der theologischen Fakultät ums Wort.
" Bei dem Begriff "Abwasch" kommt mir sofort das Abwaschen der Sünden in den Sinn, die von Menschen genommen werden können.
Sünden begehen Menschen, die von den in den 10 Geboten festgelegten Verhaltensweisen abweichen. Diese Sünden abzuwaschen kann aber nur - wenn der Mensch Reue zeigt - der ausgebildete, an einer theologischen Fakultät studiert habende Priester oder Pfarrer."

"Herr Kollege," warf Herr Professor Klein ein, "natürlich bin auch ich ein Mensch, der sicherlich nicht wenige Sünden begangen hat, aber nehmen wir an, ich habe- wie übrigens die zig- Millionen Menschen, die vor der "Erschaffung" des Christentums gelebt haben, noch nie etwas von diesen Geboten gehört.

Wie kann ich also gegen Gesetze verstoßen, die ich gar nicht kenne?"

"Meine Herren", warf Herr Professor Selbstmann von der juristischen Fakultät ein, "ich will ihre Gedankengänge nicht unterbrechen, aber gegen Gesetze, die die Menschen nicht kennen, verstoßen täglich Tausende. Wie sollten sie auch von deren Vielzahl wissen, die wir Juristen im Auftrag der jeweiligen Obrigkeit von der wir besoldet werden, über die Jahrhunderte in dicken Folianten niedergelegt haben?
Der Jurist hat die edle Aufgabe herauszufinden, ob ein Mensch nach jeweils geltendem Recht doch ein Unrecht, also eine Verfehlung begangen hat die zu einer Strafe führt, oder ob wir in unseren schon erwähnten Folianten der Gesetze, Passagen finden, die den Angeklagten entlassten, also diesem - um wieder auf unser Thema zu kommen, den vermeintlichen Makel von seiner weißen Weste abwaschen können. Natürlich fallen für dieses Herausfinden, in den Prozessdurchführungsbestimmungen heutzutage laut Paragraph 1 des BJIK, Absatz 2-3 festgelegte Gebühren an."

Nachdem eine überaus freundliche und hübsche, weibliche Bedienung die nächsten Viertele Weißwein den Herren Professoren serviert hatte, wurde der Gedankenaustausch fortgesetzt.

" Das sind schon Gedanken, über die es das Nachdenkens lohnt. Herr Kollege Stein von der naturwissenschaftlichen Fakultät, was fällt ihnen zum Begriff "Abwasch" ein?" fragte Prof. Klein.

"Nun meine Herren Kollegen, es wäre zu fragen, wo kommt eigentlich der Stoff her, der unbedingt zum Abwaschen gebraucht wird? Oder anders gefragt, wieso gibt es auf der Erde so viel Wasser, welches zum Abwaschen dienen kann?"

"Eine solche Frage stellt sich mir nicht," warf etwas mürrisch der Vertreter der Theologie ein.
"Gott schuf Himmel und Erde und trennte Festes vom Wasser, also schuf Gott logischerweise auch Letzteres."
"Auch ich halte eine solche Frage für überflüssig," sagte Prof. Selbstmann, der Jurist.
"Das Wasser ist einfach da, in Ozeanen, Meeren, Flüssen und Bächen, in Seen und Tümpeln."

" Meine Herren Kollegen," sagte Prof. Stein, " alles, was in der Welt existiert, hat seine Entstehung und seine Entwicklungszeit. Nie ist etwas "einfach da!" Ich glaube, dies wird von keinem Menschen geleugnet werden können, der zu logischen Gedankengängen fähig ist. Der Kosmos, die Erde, die Pflanzen und die Tierwelt, der Mensch mit seiner Kultur oder Unkultur, und auch wir sind nicht "einfach da!" Alles hat seine Geschichte und diese natürlich auch ihre Vorgeschichte.

Wir als Naturwissenschaftler nehmen nichts Existierendes "einfach hin", sondern fragen nach den Ursprüngen und den daraus entstandenen und entstehenden Folgen. Ich will keinesfalls einen Monolog sprechen und an meine verehrten Kollegen uninteressante Fragen stellen, aber lassen sie mich auf den Ursprung des Wassers auf der Erde zu sprechen kommen. Ich will es so kurz wie möglich machen, was allerdings schwierig sein wird.
Soll ich in der Erklärung fortfahren?" fragte der Naturwissenschaftler in die Runde.
"Sie haben noch drei Sätze zur Erklärung, dann ist ihre Redezeit abgelaufen." warf etwas gelangweilt Prof. Klein ein.
"Nun, ich will mich kurzfassen. Alles Wasser, was es auf der Erde gibt, ist nicht auf dieser entstanden, sondern kam vor Milliarden Jahren auf unseren damals unwirtlich heißen, sich über Millionen Jahren langsam abkühlenden Planeten, dessen Restwärme sich noch heute in seinem Inneren befindet. Es gab eine Zeit in der Erdgeschichte, in der es 40.000 Jahre ununterbrochen geregnet hat. Und in dieser Zeit füllten sich Ozeane, Meere, Flüsse und Bäche mit diesem einzigartigen Stoff Wasser, welchem wir alles Leben und damit auch unsere Existenz und die uns umgebende Landschaft verdanken, und mit dem wir, unter anderem, auch abwaschen können."

"Ach, ihr Naturwissenschaftler," sagte Professor Klein, der Philosoph, " ihr versucht es immer wieder, euer Wissen über das der anderen Wissenschaften zu

stellen. Alles ist bei euch berechenbar, alles beweisbar und schlussendlich erklärt ihr euer Wissen auch noch als unleugbare Wahrheit.
Aber Herr Kollege, woher wissen sie und ihre Kollegen von der chemischen, physikalischen und astronomischen Zunft, dass ihre Hypothesen wirklich wahr sind. Die Entfernung zum Mond geben sie mit 300.000 km an, die zur Sonne mit 150 Mio Kilometern. Nach ihrer Lehre sollen Galaxien existieren, die zig Millionen Lichtjahre von unserem Heimatplaneten entfernt sein sollen und aus Milliarden Sonnen bestehen.
Haben sie nicht auch all ihr Wissen zu 90 % aus den vor oder in ihrer Zeit geschriebenen, und im Nachhinein von ihnen gelesenen Büchern entnommen, vielleicht noch zu 9 % von ihren Lehrern erfahren, und nur Bruchteile des verbleibenden 1 % vom eigenen Forschergeist? Haben sie das alles nachgemessen und nachgerechnet?"

" Dieser Beurteilung der Naturwissenschaften kann ich aus tiefstem Inneren nur zustimmen", sagte Professor Engel", und er fragte Professor Stein herausfordernd:
"Wie viele sterbende Menschen haben sie, verehrter Kollege Stein auf dem letzten Weg begleitet und mit ihren Thesen für das Jenseits vorbereitet? Ich habe dies in den vielen Jahren meines Priesteramtes tausende Mal getan. Einen sterbenden Menschen kann man nicht damit trösten, dass es auf der Erde irgendwann einmal tausende Jahre geregnet hat, sondern

damit, dass man ihm in Aussicht stellt, in eine Daseins-Gemeinschaft aller Gestorbenen, also auch in den Zustand seiner Vorfahren aufgenommen zu werden. Nennen wir ihn Himmelreich, das Jenseits oder anders, und…. dass er leiblich wieder auferstehen wird."

Professor Stein wurde nachdenklich und hatte diesem Argument seines Kollegen zunächst nichts entgegen zu setzen, besann sich kurz und sagte:
"Obwohl ich finde, dass wir uns doch etwas weit von unserem gewählten Thema entfernen, möchte ich ihnen Fragen stellen:
Was antworten sie einem Sterbendem, der kurz vor seinem Lebensende steht, aber noch seine Sinne bei einander hat und sie fragt:
"Wiederauferstehen? Nun gut. Aber in welchem Zustand werde ich wieder auferstehen?
Als junger Mann kraftvoll und bei bester Gesundheit? Oder im bedrückendem Alter mit all seinen Gebrechen? Wie werde ich meine geliebte Frau wiederfinden, wie und wann meine Kinder wiedersehen? Wie wird mein Großvater leiblich wieder auferstehen, der seinen Tod in einem sinnlosen Krieg fand, nachdem sein Körper von einer Granate zerrissen wurde?
Wie, sein befehlshabender General, der im Kriege ja nur seine Pflicht erfüllt hat und reich dekoriert, und von den Honoratioren seiner Heimatstadt nach einem sanften Tod, Jahre nach dem Kriege zu Grabe getragen wurde? Wird er mit Orden und Eichenlaub dekoriert Wiederauferstehen?

Geht da oben das Spiel der Vorgesetzten mit ihren Untergebenen weiter?"

Professor Engel blieb eine Antwort schuldig.

Es kam beim Professoren-Kollegium nicht oft vor, das gegen Ende der Diskussion ein bedrückendes Schweigen herrschte. Normalerweise mischte man sich zum Abschluss noch etwas unter die in den Nachbarräumen feiernden Studenten, wo man von dem einen oder anderen, meist hochsemestrischen Studenten erkannt, und zum Bier eingeladen wurde.

Heute jedoch, trank jeder noch sein letztes Viertele aus, man redete noch das eine oder andere Wort miteinander und nachdem die Zeche bei der freundlichen und sehr hübschen, weiblichen Bedienung bezahlt war, zogen sich die Herren Professoren die Mäntel an und verließen die Gaststube.

Kurz nach dem Verlassen derselben, meldete sich das Handy von Professor Engel. Er nahm das Gespräch an, beendete es aber gleich kurz darauf, nach dem er etwas verstohlen gesagt hatte: "Ja,..... ich komme gleich!"
Professor Stein konnte es sich aber nicht verkneifen, im Gehen zu fragen: " Hatten sie, verehrter Kollege, eine gute Verbindung nach Hause? Ging der Anruf über die Himmelsleiter, oder doch über die UMTS-Handy-Verbindung, welche in Jahrzehnte langer wis-

senschaftlicher Forschung von findigen Naturwissenschaftlern, Mathematikern und Ingenieuren errechnet und geschaffen wurde? "
Auch auf diese Frage kam keine Antwort.
Die Herren Professoren verabschiedeten sich voneinander, hörten aber noch den leiser werdenden Gesang der feiernden Studenten:
"Gaudeamus igitur, jiuvenes dum sumus……..

J.B. Perronneau: „Mädchen mit Katze" (1749)

Bildbeschreibung „Mädchen mit Katze"

„Der 2. Juli 1749 sollte ein ganz besonderer Tag für uns alle werden.
Aber, Entschuldigung, ich habe mich ja noch gar nicht vorgestellt:
Ich bin Farah, die Kätzin, die ihr auf dem Bild zusammen mit meiner Herrin seht,
der Comtesse Barbara Campell.
Am besagten Tag feierte sie ihren 18. Geburtstag.
Sie hatte ihr schönstes Kleid angezogen und zum Blau des Kleides passend, einen blauen Schmetterlings-

Halsschmuck angelegt, der sich in einer kleineren Ausführung im Haar wiederholte.
Nach einem ausgiebigen Mittagsmahl für die Familie und die vielen Gäste, wurde meine Herrin in den kleinen Salon gebeten und ihr Vater, der Comte de Campell gab ihr kund,
dass er als besonderes Geschenk für sie, einen Maler bestellt hat, der sie portraitieren würde.
Der Maler, es war kein geringerer als Maitre Perronneau trat wenig später ein und nachdem er meiner Herrin gebührlich zu ihrem Geburtstag gratuliert hatte, bat er sie, sich bequem auf das am Fenster stehende Fauteuil zu setzen.
Das tat die Comtesse, und Maitre Perronneau spannte Papier auf seine Staffelei, nahm seine Pastellstifte zur Hand und bat sie, den Kopf ein klein wenig nach rechts zu wenden und an etwas Schönes zu denken. Dies fiel ihr nicht schwer, und ich glaube, sie dachte an den jungen Baron de Courte.
Der Maler arbeitet schnell und nach nur einer Stunde hatte er das Portrait meiner Herrin mit seinen Kreidestiften auf das Papier gebracht.
„Verehrte Comtess Campell, es war mir eine große Ehre, sie portraitieren zu dürfen.
Ich hoffe, ihnen gefällt das Bild, denn nur dann bin auch ich damit zufrieden.
Meine Herrin besah es sich lange und fand es wohl gelungen, sagte dann aber:
„Maitre Perrenneau, es fehlt noch etwas Leben darin, etwas, was unbedingt zu mir gehört, und das ist meine Kätzin Farah."

„Nichts leichter als das, ich liebe Katzen über alles. Bitte ruft sie, und nehmt eure Farah in den Arm."
Nun war mein Part zur Vollendung des Portraits gekommen. Ich sprang auf die rechte Lehne des Fauteuils, so wie ich es schon so viele Male gemacht hatte. Als meine Herrin begann, mich am linken Ohr zu kraulen, wollte ich schon einschlafen, sah aber, wie der Maitre einen großen grauen Pinsel nahm und mit diesem über das Bild wischte. Er machte damit den Hintergrund konturenlos, genauso, wie ihr dies auf dem Bild seht.
Ich aber sah in dem Pinsel nichts Anderes, als das eine große graue Maus darüber huschte machte die Augen ganz groß, streckte mich kurz und sprang in Richtung der Pinselmaus. Ich verfehlte sie allerdings und trollte mich, etwas gekränkt unter das Sofa.
Der Maitre hatte aber, wie es so die großen Maler können, meinen Sprung vorausgesehen und mich später aus dem Gedächtnis mit den großen, etwas ängstlichen blickenden Augen und der mich kraulenden rechten Hand meiner Herrin, in das Bild eingefügt.
Wenn ihr uns heute hier in der Akademie der Künste in Karlsruhe anschaut, wie wir nun schon fast 270 Jahre in Pastellfarbe festgehalten sind, freuen wir uns über jeden Betrachter, der sich In uns und unsere Zeit hineinversetzen kann."
FARAH

Gedankensplitter

Auch Irrwege können durch schöne Landschaften führen.

¥

Wenn jemand aus dem letzten Loch pfeift, kann man nicht verlangen, dass es virtuos klingt.

¥

„Einen Wunsch hast du frei!" sprach die Fee,
„Was wünschest du?"
„Lasst mich wunschlosglücklich werden."

¥

Jeder Künstler, egal ob Maler, Musiker, Tänzer, Schauspieler, Dichter oder Steinmetz- veröffentlicht mit seiner Kunst ein Stück seiner Seele.

¥

Die Vogeleltern lehren ihren Vogelkindern nicht nur das Fliegen, sondern auch das sichere Landen, damit sie wieder zur Ruhe kommen können.
Menscheneltern lernt von den Vogeleltern.

¥

Ein Vogeljunges wird zu seiner Schulabschlußprüfung gefragt:
„Was weißt du von den aerodynamischen Grundlagen des Vogelfluges?"
„Nichts!" gab es zur Antwort und flog davon.

¥

Wenn man seinen Horizont erweitert darf man eins nicht!
Sich selbst aus den Augen verlieren.

¥

Mit das schönste im Leben war;
Das Pausenklingeln in unserer Schulzeit.

¥

Früher hieß es:
„Wie wir heute arbeiten, werden wir morgen leben."
Heute gilt: „Wie wir heute leben, werden wir morgen aussehen!"

¥

Die wirklich wichtigen Dinge im Leben lassen sich an einer Hand abzählen.
Das addieren der Unnützen erfordert einen Rechner.

¥

Mensch bedenke!
Jeder vom Arzt unterschriebene Krankenschein
könnte ein Empfehlungsschreiben an den Tod sein!

¥

Mein Tod wird eine völlig neue Lebenserfahrung für mich sein!

¥

Wenn man aus dem Leben geht, hinterlässt man keine Lücke, sondern einen Freiraum.

¥

Wiederauferstehen nach dem Tod?
Wenn's denn unbedingt sein muss, aber bitte ohne Wecker!

¥

Das Böse ist nicht gottgewollt, sondern wahrscheinlich durch einen frühen Bibel-Schreibfehler in die Welt gekommen. Wie das? Ein einziger „r"-Verdreher hat's gemacht.
Aus dem göttlichen „Seid f<u>r</u>uchtbar" wurde ein „Seid fu<u>r</u>chtbar".

Das haben die Menschen dann allerdings in Perfektion umgesetzt und tun es noch heute!

¥

Der Pfarrer sprach: „Das Kirchlein war heut gut gefüllt mit meinen braven Schafen."
(Das war sie wohl, doch kamen sie zum Schlafen.)

¥

Warum sind dem Menschen nicht Adlerflügel gewachsen, nicht angeboren Hundenas und Fledermausgehör, nicht Bärenpfoten mit gewaltgen Tatzen, nicht tausend Füße und noch mehr?
„Es hätte keinen Sinn ergeben, den Menschen damit auszustatten",
der Herrgott sagt's ein wenig resigniert,
„der Kriege mehr hät er geführt zu Land und in der Luft.
So wäre meine ach so gut gewollte Schöpfung, am Ende nur noch mehr verpufft!"

¥

Vorschlag für einen Aufdruck auf alle Waffe:
„Du sollst nicht töten!
Der Gebrauch dieser Waffe führt unwiderruflich zum Verlust deines Seelenheils und zur ewigen Verdammnis in der Hölle!"
(Schön wäre es, wenn von Christen, Muslimen, Juden und Atheisten gemeinschaftlich empfohlen!)

¥

Das es das unbegreifliche Phänomen „Zeit" wirklich gibt, erkennt man nicht, wenn man auf die Uhr schaut, sondern von „Zeit zu Zeit" in den Spiegel.

¥

Licht ist dunkel, wenn nichts sich findet, es festzuhalten!

Die Zeit geht mit der Vergangenheit zur Ruh und steht mit der Zukunft auf.
Beides aber gleichzeitig in der Gegenwart.
nie

¥

Jede Geschichte hat ihre Vorgeschichte, diese natürlich auch dir ihre, usw. usw…………!

¥

Lehrer, verlangt von euren Schüler nicht, dass sie im Unterricht das verstehen, was auch ihr erst nach Beginn eurer Rente verstehen werdet, vielleicht aber auch, wie ich, nie!

¥

Cartesius:
„Cogito, ergo sum!"
Naja, so gewaltig finde ich das Fundament der Metaphysik nicht!
Denn, ein Stein denkt nicht und ist auch!

Noch nie habe ich vom „Nichtwissen" so viel gewusst wie heute
in meinem 70. Lebensjahr.

∞